Höhenflug

Making of

Roman

von Alexandra Bergmann- Thünemann

Alexandra Bergmann-Thünemann studierte Rechtswissenschaften, Soziologie und Erziehungswissenschaften. Sie ist als Journalistin, Texterin, Sängerin und Autorin tätig.

1.Auflage 2022

ISBN: 9783754359440

FÜR TED

FÜR IMMER

Ja, nun sitze ich hier am Küchentisch. Das ist eine Zeile aus meinem Song „Denkst du manchmal" und das mache ich gerade. Die Sonne lacht zum Fenster rein. Es blüht und summt draußen. Es ist fast Sommer und ich steuere mit großen Schritten auf meinen Geburtstag zu. Wie ich mich dabei fühle? Entspannt! Anders! Keine Angst vor dem Alter. Keine Angst, etwas zu verpassen. Es wird sich alles finden.

Es ist schon eine seltsame Zeit. Seit gut zweieinhalb Jahren leben wir auf kleiner Flamme. Können uns nicht mehr ansteckungsfrei unseren Mitmenschen nähern. Ständig die Hoffnung, dass sich das Virus verzieht, verschwitzt, erfriert. Hat alles nicht geklappt. Wir hatten einen kalten Winter, einen heißen Sommer....

Es mutierte und zeigte sich in neuen Varianten. Leider!!! Wenn wir Erwachsenen schon an der

Kontaktarmut leiden, wie geht es dann den Kindern und Jugendlichen? Für sie sind Kontakt und sozialer Austausch doch noch viel wichtiger. Wie soll man Gefühle denn hinter einer Maske ausdrücken? Die ersten Flirtversuche zum anderen Geschlecht starten? Total unmöglich…

Aber ich schweife ab. Habe doch bald Geburtstag. Das ist immer eine besondere Zeit, Bilanz zu ziehen. Ich werde bald???, fühle mich aber deutlich jünger. Schließlich unterscheidet man ja zwischen biologischem und tatsächlichem Alter. Da klafft bei mir eine große Lücke. Habe noch keine Lust, wirklich erwachsen zu werden. Der Ernst des Lebens kommt noch früh genug oder war es die Erna? Egal, ein bisschen Spaß und Lebenslust gehören einfach dazu.

Da sitze ich hier am Küchentisch und denke darüber nach, was schon war und was noch kommen kann. Was war, war nicht immer gut. Was noch kommt, kann besser werden. Es hat sich mehr Erfahrung angesammelt, Erlebtes, das abgerufen werden kann. Man geht reifer in die Zukunft und vielleicht auch bewusster. Vielleicht auch anspruchsvoller, man nimmt nicht mehr alles hin.

Was es sicherlich zu ändern gilt, ist die familiäre Erwartungshaltung. Da hatte man schon als Zweijährige das Gefühl, mit seiner Umwelt in mehreren Sprachen kommunizieren zu müssen. Dabei ging es nicht um die eigene gesunde Entwicklung, sondern um die Außenwirkung, die ein Kind zu erzielen hatte. Nachwuchs als Statussymbol. Das perfekte Kind, klug, schön und makellos.

Das Innere des kleinen Lebewesens wurde nicht berücksichtigt. Es war ja nicht sichtbar. Leider sind diese oft nicht sichtbaren Narben prägend und werden lebenslang herumgetragen.

Als Erwachsener fragt man sich dann, woher ein gewisses Verhalten kommt und muss dann wirklich bis in die früheste Kindheit zurückgehen. Viel Arbeit für so manchen Psychoanalytiker. Dabei sollte man an sich nicht selbst, sondern die Eltern auf der besagten Couch liegen, als Verursacher.

Was bei der Erziehung im Namen der Liebe so alles angeboten und vermurkst wird, ist unbeschreiblich. Fütterung nach Uhr, nicht nach Hunger. Ist ja so furchtbar einfach.

Dann wird der Nachwuchs gerne durch „Wenn dann" oder „Wenn nicht dann" instrumentalisiert. Sollte dann noch keine Wirkung einsetzten, kann die Erwartungshaltung durch körperliche

Züchtigung untermauert werden. Die Wände einer Wohnung sind solide gebaut. Die Tränen der Kinder trocknen schon wieder. Handelt sich sicherlich nur um eine Trotzphase...

Mit diesen Erfahrungen ist es schon schwer, sich ins Leben zu finden. Überhaupt, für sich ein Lebensziel zu entdecken, denn das Selbstvertrauen kann durch so eine elterliche Züchtigung nicht entwickelt werden.

Wie soll so ein Kind dann später selbst Mutter werden? Sicherlich nicht einfach, aber möglich. Ich habe es geschafft. Ich schweife schon wieder ab. Sollte mich erstmal mit dem zweijährigen Mädchen befassen, was ich selbst einmal war...

Habe in diesem Alter im Türrahmen gestanden und die damaligen Schlager gesungen, die ich aus dem Radio kannte. Zweimal hören, dann hatte ich den Text drauf. In Reimform kann ich mir Vieles merken. Orientierungssinn habe ich aber nicht. Ich verliere mein Auto auf dem Parkplatz. Vergesse manchmal sogar, mit welchem ich unterwegs bin. Da muss ich schon auf den Schlüssel sehen.

Na ja, im Alter von zwei hatte ich meine Bühne bereits gefunden. Wenn jetzt noch ein wenig Publikum verfügbar wäre. Wenn man seine Eltern jetzt noch von seinem Berufswunsch überzeugen könnte… Natürlich sollte ich was Anständiges Lernen. Musik wurde als brotlose Kunst angesehen- bis heute…

Ich bin leider mit zu vielen WENNS und SPÄTER aufgewachsen, so dass mein Lieblingswort JETZT heißt. Ich schiebe nichts mehr auf Morgen oder Übermorgen. Ziele werden angepeilt, Pläne umgesetzt. Umgehend….

Im Laufe des Lebens trifft man auf Menschen, die einen ein Stück seines Lebens begleiten und dann an einer Weggabelung rechts statt links abbiegen.

So kann es natürlich auch sein, dass man einen alten Weggefährten im Laufe der Jahre wiederfindet. Jeder hat sich ein Stück weit entwickelt und Erfahrungen haben Spuren hinterlassen. So kann es sein, dass nach Jahren Gefühle entstehen. Das ist ein Gedanke, den ich im Höhenflug, dem ersten Titel auf der CD STATIONEN, beschrieben habe.

Man ist an sich eins mit sich und seinem Leben. Merkt gar nicht, dass man eine Person, die man schon sooo lange kennt, plötzlich total lieb gewinnen kann.

Ja, Höhenflug ist der erste und wohl emotionalste Song.

So hätte die Produktion unserer CD ablaufen können. Die folgende Erzählung ist natürlich eine absolute Fiktion. Das ist alles nur im Traum passiert. Doch so oder so ähnlich hätte die Produktion natürlich ablaufen können.

Unser Studio sah schon sehr furchteinflößend aus. Ein großes Mischpult. Die ernste Miene des Produzenten. Totale Konzentration. Spannung verbreitet sich im Raum. Die Erwartungskurve steigt. Wohin? Wie kann ich der Erwartung gerecht werden? Wo war mein Kaffeekumpel geblieben? Die liebevolle Neckerei? Das Teilen des Frühstücksbrötchens oder des Schokoriegels?

Ich hatte Panik. Mit Kopfhörern in ein Mikro zu singen, den Ton halten, eine gute Figur machen, das Atmen nicht vergessen. Schon eine Herausforderung. Emotionen im Raum verbreiten, glaubwürdig rüberkommen, mit geschlossenen Augen im Aufnahmekreis des Mikros bleiben, ohne unnötige Zwischengeräusche...

Unwägbarkeiten, wie in meinem letzten Roman. Mit geschlossenen Augen- wegen der Emotionalität- tanze ich aus dem Aufnahmebereich. Meine Füße halten so laut den Takt, dass wir neben Schockatmung auch noch toktoktok auf der Aufnahme haben.

Okay, das schreit nach Verbesserung. Muss überarbeitet werden. Erstmal einen Tee, Nerven sortieren, Neustart...

Moment, was riecht denn hier so aufdringlich? Qualm dringt bereits aus der Teeküche. Der Teekessel steht ganz unschuldig auf dem Herd. Die Nachbarherdplatte glüht bereits. Offensichtlich ist auch mein Produzent etwas abgelenkt. Wir einigen uns auf einen Kaffee. Die Maschine arbeitet auf Knopfdruck. Die Feuerwehr können wir jetzt wirklich nicht gebrauchen...

Höhenflug

Refr.:

Das ist echt der Wahnsinn,

ein gefühlter Höhenflug.

Von dir krieg ich viel zu viel

Und trotzdem nie genug.

Uns´re Liebe braucht kein Fahrplan,

keinen Ring und kein Papier.

Da ist nur unsere Liebe,

das sind wir.

1.

Narben auf meiner Seele

hab ich schon gekannt,

und auch meine Finger,

hab ich mir oft verbrannt.

Doch lieber Scherben sammeln

auch mal tränenvoll allein,

als ein ganzes Leben

ein Leisetreter sein.

Refr.:

Das ist echt der Wahnsinn,

ein gefühlter Höhenflug.

Von dir krieg ich viel zuviel

Und trotzdem nie genug.

Uns´re Liebe braucht kein Fahrplan,

keinen Ring und kein Papier.

Da ist nur unsere Liebe,

das sind wir.

2.

Im Tal der Emotionen

Tauchst du plötzlich auf.

Hast mir vorher nicht gefehlt,

wusste nicht, dass ich dich brauch.

Kann jetzt ohne dich nicht leben,

lass mich nie mehr allein.

Unsere große Liebe

wird unsterblich sein.

Refr.:

Der Text ist irgendwie entstanden, wann, weiß ich nicht mehr. Wem ich ihn gewidmet haben könnte, noch weniger. Vielleicht war es nur so ein Gedanke, wie man sich eine perfekte Beziehung vorzustellen hat. Wer weiß… Doch mittlerweile glaube ich wirklich daran, dass es auch wahre Gefühle ohne Netz und doppelten Boden gibt.

Die Idee zu dieser perfekten Liebe stammt von einem guten Freund: Ted Herold. Er mochte meine Bilder und meine Bücher. Zu meinem zweiten Buch „Begegnung- auf eine Tasse Kaffee mit…" hat er mir das Vorwort geschrieben. Später verfasste ich den Roman „Lebenswege- was bleibt ist Rock´n Roll". Für Ted war sofort klar, dass er mir seine Begegnung mit Elvis aufschreibt und sie mir zur Verfügung stellt.

Ja, es gibt Begegnungen, die einmalig sind. Dazu zählen für mich sicherlich der gute Kontakt zu Ted und Bernd Clüver. Diese Begegnungen waren für mich einzigartig und sind unvergessen.

Aber nun zurück zum Höhenflug- dieser totalen Begegnung. Ted sang vor vielen Jahren einmal „Ich brauch keinen Ring". Es war er deutsche Text zum Elvis Song „Wear my ring around your neck" von 1958. Beim Schreiben meines Songs ging mir Teds Lied durch den Kopf. Ich glaube wirklich, dass es für jeden Menschen einen Höhenflug gibt- echte Liebe.

Der Song ist die Hymne unserer Zusammenarbeit. Er ist kräftig instrumentiert und kommt auch rockig rüber. Den Refrain singen mein Produzent und ich. Er ist ein verdammt guter Komponist, Musiker und Sänger. Unsere Kompositionen wurden mit der Wandergitarre eingesungen. „Wir konzentrieren uns zunächst auf die Melodie. Der Gesang kommt später dran", so mein Musikerkumpel. Er hat unendliche Geduld bewiesen. Dabei müssen ihm so manches Mal die Ohren wehgetan haben, bei meinem Gesang- wenn man es denn so nennen kann.

Unseren Höhenflug gibt es noch ein weiteres Mal auf der CD, nämlich als letztes Lied in der Pianoversion. Den Ursprung dieses Titels möchte ich auch kurz erzählen. Ich hatte Besuch und in unserem Flur steht ein altes Klavier. Mein Komponist war eigentlich schon am Gehen, konnte es sich jedoch nicht verkneifen, den Deckel des Instruments zu öffnen und den Höhenflug anzuspielen. Die Töne gingen durch das ganze Haus, da wir einen offenen Flur haben. Ich befand mich gerade in der oberen Etage und war sooo berührt. Es war mir verdammt wichtig, dass ich diese Version nur mit Klavierbegleitung einsinge. Hat ja dann auch geklappt. Es war sicherlich eine Herausforderung. Die Stimme muss halten und die Konzentration da sein. Natürlich musste ich mich im Laufe der Aufnahmen mehrfach umziehen. Anstrengung produziert Schweiß. So manches Mal saß ich völlig leer auf dem Studioboden. Ich war körperlich und auch mental am Ende, hatte alles gegeben. Gerne hätte ich mich der Erschöpfung hingegeben, musste aber noch nach Hause fahren und dort funktionieren.

Größenwahn

Der zweite Titel der CD

1.

Ich hab zu dir gestanden,

als du noch unten warst.

Hab deinen Traum mit dir geträumt,

du würdest mal ein Star.

Heut füllst du jede Halle,

die Konzerte ausverkauft.

Nun hast du mich vergessen,

ich werd nicht mehr gebraucht.

Refr.

Was ist aus dir geworden,

schau dich doch mal an.

Du bist total zerfressen

von deinem Größenwahn.

Du willst mich nicht mehr kennen,

kein Gruß und auch kein Kuss.

Frag mich gerade selber,

ob ich dich noch kennen muss.

2.

Du hast total vergessen,

was wir zwei einmal war'n.

Wie steil dein Weg nach oben war,

hast dich so oft verfahr'n.

Zurzeit bist du der Größte

stehst im Rampenlicht,

doch dein Ruhm hält nicht ewig,

glaub´ das nicht.

Refr.

Was ist aus dir geworden,

schau dich doch mal an.

Du bist total zerfressen

von deinem Größenwahn.

Du willst mich nicht mehr kennen,

kein Gruß und auch kein Kuss.

Frag mich gerade selber,

ob ich dich noch kennen muss.

3

Ich bin total erschüttert von deiner

Arroganz,

und auch dein Verhalten- totaler

Firlefanz.

An deinen Sporen Schleimer,

Groupies genug für´s Bett.

Unsere Beziehung ist im Eimer,

du hast mich weggezappt.

Trotzdem tut´s noch weh, wie du dich

gibst.

Schätze, ich habe dich mal geliebt.

Refr. 2x

Größenwahn ist ein Text, den mit ich einer Person verbinde. Es hat mir gut getan, diese Gedanken und Gefühle in Wort und Gesang umzusetzen. Es war heilsam. Effektiver und zeitsparender als jede Couch. Problematisch ist, wenn Gefühle bei einem engeren Kontakt ins Spiel kommen und man erst sehr spät merkt, dass man einseitig fühlt. Man ist geblendet und vom Helfersyndrom befallen. Heilung tritt erst ein, wenn man wirklich auf der Nase liegt. So im eigenen Dreck, sich langsam wieder aufrichtet und merkt, die rosarote Brille war eher eine blickdichte Sonnenbrille. Es dauert, bis Verletzungen heilen, doch man geht gestärkt aus der Situation hervor. Gefühle machen uns menschlich- ein Ausnutzen dieser ist eine Ungeheuerlichkeit und absolut verabscheuungswürdig...

Rosenkrieg

Dritter Song der CD

1.

Es begann doch wie im Märchen,

hab mich gleich in dich verliebt.

Ohne wenn und aber-

Dass es so was gibt.

Stürz mich voll in die Beziehung,

Lieb dich voll und ganz.

Was ist uns geblieben?

Nur noch der letzte Tanz.

Refr:

Was soll das jetzt werden?

Nur ein Rosenkrieg?

Denk an uns´re Jahre-

Hast Du mich denn nie geliebt?

Geträumt und auch gelitten-

War Dir immer treu.

Und nun willst Du mir sagen:

Aus und vorbei.

2.

Was hat denn die andere?

Was suchst Du bei ihr?

Was kann sie Dir geben?

Was fehlt Dir bei mir?

Ist sie jetzt die wahre Liebe,

die dich soooo fasziniert?

Und was war das mit uns beiden,

was hab ich da nicht kapiert?

Refr:

 Was soll das jetzt werden?

Nur ein Rosenkrieg?

Denk an uns´re Jahre

Hast Du mich nie geliebt?

Geträumt und auch gelitten-

War Dir immer treu.

Und nun willst Du mir sagen:

Aus und vorbei.

3

Hab dich nie als das gesehen,

was du wirklich bist.

Nicht der Mann für´s Leben,

doch ein verdammter Egoist.

Ich möchte dir noch danken,

für deine neue Wahl.

Und mit auf die Reise geben:

Du bist mir scheiß egal.

Refr:

Ein Text, der sicherlich auch sehr autobiografisch anmutet. Da investiert man seine besten Jahre in eine Beziehung, von der man denkt, sie sei in Ordnung. Stattdessen wird man nach Jahren durch ein anderes Modell ersetzt. Gab es Anzeichen? Lebte man in Parallelwelten? Hatte alles nur einen schönen Schein? War man zu feige, der Wahrheit ins Auge zu sehen?

Egal, es ist nie zu spät, an der nächsten Kreuzung abzubiegen. Ein paar Kratzer an der Oberfläche schaden nicht wirklich…

Schockartig sieht man den Menschen, mit dem man alles geteilt hat- ungeschminkt und merkt, man hätte schon längst abbiegen können.

Der Gesang des dritten Titels hatte reinigende Wirkung. Ja, es hat gut getan, die Wut in Gesang umzusetzen. Ob es noch weh tut? Nein, schon lange nicht mehr. War sicherlich eine Erfahrung. Beim Singen lösen sich Knoten. Die Stimme wird weicher. Man ist auf dem Weg zu sich selbst. Gibt viel von sich preis. Mit einem guten Produzenten eine wichtige Erfahrung. Und wenn es nach dem eingesungenen Titel noch ein Stück Erdbeerkuchen gibt. Dann ist alles völlig okay.

Wenn man dann noch das Lächeln des Studiohundes sieht. Sein Schwanz wackelt im Takt. Er streckt sich vor der Tür und macht eine Yogarolle. Ja, das Tier ist absolut musikaffin. Es sind eher Wohlfühlmomente und keine Arbeit. Familiäre Atmosphäre, die einfach gut tut.

Ein Freund

Vierter Song

1.

Deine Songs sind wahre Hymnen,

die Konzerte gut besucht.

Hast kaum Zeit zum Atmen,

bist ständig ausgebucht.

Deine T-Shirts und Poster

verkaufen sich massenhaft.

Dein Gesicht auf dem Kaffeebecher,

du als Sexidol, wie du das hasst.

Dein Leben ist gläsern,

Presse und Fernsehen oft dabei.

Kann es selbst kaum glauben,

hier bei mir fühlst du dich frei.

Refrain

Bin dein Fan und enger Freund.

Dich zu treffen, davon hab ich so

geträumt.

Gespräche mit dir tun mir auch gut.

Spüre die Signale- bin auf Empfang.

Mir ist unsere Freundschaft wichtig.

Kontakt zu dir- ehrlich und richtig.

Kannst so sein, wie du wirklich bist.

Dieses Gefühl hast du lange vermisst.

2.

Ich bring dir keine Blumen,

kein Plüschtier, kein Geschenk,

trage nicht dein Fan-Shirt, du fühlst,

dass ich oft an dich denk.

Verstehe dich ohne Worte.

Ich zolle dir Respekt.

Wie sehr ich dich bewunder,

hast du längst gecheckt.

Will dich nicht besitzen,

nicht deinen Status, dein Geld.

Da ist so viel mehr,

was uns zusammen hält.

Refr.

3.

Haben uns gefunden,

ist schon so lange her.

Lernten uns dann lieben,

vergötterten uns sehr.

Begannen uns zu vertrauen.

Gehen gemeinsam ein ganzes Stück.

Hat nicht gereicht für immer.

Die Liebe ging zurück.

Freundschaft ist geblieben.

Und noch so viel mehr.

Blick in deine Seele.

Verlassen uns nie mehr.

Refr.

Das ist ein sehr persönlicher Song. Sicherlich lernt man im Laufe der Jahre auch Menschen kennen, die prominent sind. Man nähert sich ihnen mit dem nötigen Respekt, will ihnen nicht zu nahe treten. Während weiterer Begegnungen merkt man dann, dass eine gewisse Sympathie entstanden ist. Man kommt sich näher und beginnt, sich zu vertrauen. Es entsteht ein Gefühlsstrudel und das Herz ist voller Liebe. Doch wie es im Leben so ist, hält nichts ewig. Man geht getrennte Wege. Natürlich bleibt der Mensch im Herzen- ein Freund fürs Leben. Diesen Song habe ich Ted Herold gewidmet. Er war ein sehr introvertierter, aber ehrlicher und herzlicher Mensch. Wen er an sich heran ließ, den mochte er wirklich, war für ihn da. Wir hatten im Laufe von 20 Jahren so manch tiefe Begegnung, mit ehrlichen Worten und ganz viel Herzenswärme. Ted, ich vermisse dich.

Hoffe, da wo du jetzt bist, geht es dir gut. Keep on rocking...

Das Stück hat Countryelemente und ist ohrwurmtauglich. Dass der Studiohund mit der Schnauze die Tür öffnet und leise über das Parkett tapst, gehört natürlich dazu. Wir haben die Aufnahme wiederholt.

Hinzu kommen die Gespräche mit dem Produzenten. Das Ringen um jeden Ton und jede Betonung. Eine große Herausforderung. Er ist hart. Lässt mich Zeilen pausenlos wiederholen. Verlangt mir alles ab. Stimmlich über Grenzen gehen und sich selbst besser verstehen. Denn die Emotionen sind in jedem Titel hörbar. Die Stimme lebt und ich natürlich auch. Es hat eine Menge Kraft gekostet, aber auch wirklich Spaß gemacht. Über Grenzen gehen ist da wörtlich gemeint...für uns beide...

Finale in Moll

Fünfter Song

1

Das war doch kein Zufall, dass ich dich

damals traf.

Auf dem Weg zur Arbeit, ich noch halb

im Schlaf.

Hatte keinen Plan und kein Konzept.

Sah auch nicht dein Lächeln, hab gar

nichts gecheckt.

Dann kam dass, was nur im Traum

kommen kann.

Du sagtest: Gib mir deine Nummer, ich

ruf dich morgen an.

Refr.

Finale in Moll- Gefühle grenzenlos.

Finale in Moll- lass mich fallen ohne

Kompromisse.

Finale in Moll- denke ich an deine Küsse.

Finale in Moll- wie machst du das bloß?

2

Wir nehmen uns die Zeit für ein kleines

Paradies.

Schweben durch die Stunden ohne

Raum und Zeit.

Den Kopf in den Wolken. Das Herz in der

Hand.

Kein Gedanke an morgen. Brachtest

mich um den Verstand.

Lass die Ewigkeit nicht enden in dem

Jetzt und Hier.

Greife nach den Sternen, bin so nah bei

dir.

Refr.

3

Wir 2 sind nie Geschichte, dazu war´n

wir viel zu groß.

Die Story, die wir fuhren. Gefühle

hemmungslos.

War schön, wie es war. Und gut, wie es

ist.

Du bist ein Mensch, den man nie

vergisst.

Unser Rückflug zur Erde war wirklich

hart.

Eine Trennung blieb uns nicht erspart.

Refr.

Das ist sicherlich eine Geschichte, die jeder so unterschreiben würde. Da verliebt man sich Hals über Kopf in eine Person, die gebunden ist. Nach vielen Flügen Richtung Wolke 7, siegt dann doch der Verstand über das Herz. Eine Erfahrung, die absolut wertvoll ist.

Es sind in der Komposition sicherlich ruhigere Töne hörbar, die auch dem Thema geschuldet sind. Während der Aufnahme habe ich immer den Mollakkord am Ende überhört. Erst auf Nachfrage wurde klar, dass ich konsequent die Violine gemobbt habe. Natürlich sorgte das für einen Lachanfall.

Als ich dann sang „die Ewigkeit nicht ändern", war es mit der Disziplin komplett vorbei. Ich lag lachend auf dem Studioteppich und mein Produzent konnte sich auch nicht mehr beruhigen. Wir lachten, dass uns die Tränen über die Wangen liefen. Eins ist klar: Wir hatten verdammt viel Spaß bei der Produktion. Obwohl es eine große Anstrengung war, hat der Spaß überwogen.

Eigentlich ein sehr emotionaler Song. Da geht es um grenzenlose Gefühle. An sich ein ernstes Thema und natürlich auch stimmlich wieder eine Herausforderung. Doch wenn aus den grenzenlosen Gefühlen auf einmal schwerelose Gefühle werden, ist die nächste Lachattacke natürlich nicht mehr weit.

Wer hat denn diesen Mist geschrieben??? Lachend sinke ich zu Boden. Die Tränen laufen mir über das Gesicht. Auch meinen Produzenten hält es nicht mehr auf seinem Stuhl. Er schüttet sich vor Lachen aus. Das geht so minutenlang. Wir kriegen uns nicht mehr ein. Ist das jetzt ganz große Lyrik oder ganz großer Mist? Bis klar wird, dass ich die Texterin gewesen bin. Ich habe mich einfach versungen. Bei genauer Betrachtung ist der Song sogar richtig romantisch, wenn man singt, was man getextet hat. Eine Liebe, die irgendwann endet, aber doch prägend und unvergesslich ist. Einmalig...

Komm mal rüber

Sechster Song

Eine rockige Geschichte über die Begegnung zweier Menschen in einer Kneipe. Konsequentes Abscannen und Herauslassen der Begierde, anschaulich erzählt.

Den Song haben wir sehr rockig produziert. Die E-Gitarren heulen. Es ist eine schöne Tanznummer geworden. Doch offensichtlich wurde eine Gitarre zu sehr beansprucht, denn sie war reparaturbedürftig. Mein Produzent rückte ihr entschlossen zu Leibe, während ich Kaffee kochte. Ja, den Schraubenzieher habe ich noch verstanden. Aber muss es denn gleich ein Hammer sein? Offensichtlich! Mit ein paar beherzten Schlägen wurde das Instrument wieder spielbar gemacht. Er hatte langjährige Erfahrung. Dass er auch paar Gitarren kaputtgekloppt hatte, gestand er mir beim Kaffee schmunzelnd. Erfahrung ist eben nur über Erfahren möglich.

1.

Nichts geplant an diesem Abend,

in meinem Liebesleben nicht viel los.

Muss mal raus aus meiner Wohnung,

krieg den Kopf sonst nicht klar.

Geh mal rüber ins kleine Bistro-

Auf einen schnellen Kaffee bloß.

Wieder nur Stress bei der Arbeit

Und plötzlich seh´ ich dich.

Refr:

Komm mal rüber und küss mich doch,

sag mal, worauf wartest du noch?

Ich seh´ deine Lippen und weiß jetzt

schon, wenn wir uns küssen, gibt´s ´ne

Explosion.

Komm mal rüber, ich steh´ auf dich.

Schau mich an, sag, siehst du das nicht?

Ich seh´ deinen Körper und weiß jetzt

schon,

wenn wir uns berühren, gibt´s ´ne

Explosion.

2.

Lehnst ganz lässig an der Theke

Ich spür deinen Blick schon auf mir.

Mein Magen, spielt sofort verrückt,

ich will etwas von dir.

Ein bisschen kuscheln und auch küssen,

das tät mir jetzt so gut.

Du bist der Mann für diese Nacht,

doch dir fehlt noch der Mut.

3.

Ich fühle schon totale Spannung,

Hormone drehen völlig durch.

Mein Kaffee, der ist auch längst kalt.

Dein Bier gibt dir keinen Halt.

Langsam kommst du auf mich zu.

Mir zittern schon die Knie.

Dann spür ich deinen sanften Kuss-

Und diesen Kuss vergess´ ich nie.

Totale körperliche Anziehung, ohne Fragen, wie und ob es weitergeht. Sicherlich eine spannende Erfahrung und auch eine erotische Phantasie. Musik kann eben auch Traumwelten eröffnen. Und wer wünscht sich nicht den Typ an der Theke, der mal eben rüber kommt. Da lässt man doch gerne den Kaffee kalt werden, oder???

2x oder 3x

Siebter Song

1.

Obwohl du nicht mein Typ bist,

hast du mich angemacht.

Erst hab ich nichts gemerkt,

dich einfach ausgelacht.

Ließest dich nicht beirren,

verfolgtest deinen Plan,

wie man   mein Herz   erobern kann.

Refr:

2x oder 3x hab ich schon versucht,

nicht mehr an dich zu denken.

Das ist wie ja verhext.

2x oder 3x

krieg dich nicht aus dem Kopf.

Schwirrst durch meinen Alltag,

komm von dir nicht los.

Auch wenn wir uns nur selten sehen,

Gefühle sind grenzenlos.

2.

Du wusstest es wohl besser,

dass doch etwas passiert.

Wenn wir uns nur berühren,

die Erde explodiert.

Als wir uns dann noch küssten,

hat sich der Himmel aufgetan.

Bin mit dir geflogen,

kam   auf Wolke   7 an.

Refr.

3.

Auch heute ist es ähnlich,

wenn wir uns zufällig sehen.

Reden, lachen, normale Dinge machen.

Das ist mit dir so schön.

Die Stunden sind gestohlen.

Das wissen wir genau.

Ich bin schon gebunden

und du   auch nicht   frei.

Ja, da ist sie wieder, diese Liebe auf Umwegen. Da weiß der Partner eher, was einem gut tut, bevor sich das Gefühl bei einem selbst einstellt. Liebe für den Moment, Gefühle pur. Zu wertvoll, um das Gefühl und die Nähe nicht zuzulassen. Dennoch vernunftgesteuert, dafür nicht das gesamte Leben zu ändern. Es sind dann doch die äußeren Umstände, die eine dauerhafte Liaison nicht lebbar machen. Verstand vor Herz lautet dann die Devise.

Natürlich mutet dieses Stück auch eher rockig an, macht die Emotionen hörbar und ist absolut partytauglich.

Nur ein Mensch

Achter Song

1.

Tausende Karten schon verkauft,

Stadion gefüllt, Fans warten drauf.

Auf meinen Auftritt, bin noch nicht so

weit.

Kann noch nicht auf die Bühne, bin noch

nicht bereit.

Nur ein Mensch

Mit Euch zu singen, das Konzert zu

begeh´n.

nur ein Mensch

Gebt mir noch Zeit, versucht mich zu

versteh´n.

Refr:

Ein letzter Blick in den Spiegel, ein

letzter Schluck

Von meinem Kumpel Whisky,

hier ist mein Schmuck.

Flaues Gefühl im Magen, den Ring noch

gedreht,

den Angstschweiß abgewischt, dann ist

es so spät.

Unter tosendem Applaus geht der

Vorhang langsam auf.

2.

Bin nur ein Mensch- genau wie ihr.

Nur ein Künstler, lebe vom Applaus.

Angst zu versagen, steckt tief in mir.

Brauche euer Verständnis so sehr dafür.

Nur ein Mensch

greif in die Saiten, Nervosität lässt nach,

nur ein Mensch

für heute hab ich´s wieder mal

geschafft.

Refr.

3.

Hab´n zusammen gesungen

und auch viel gelacht,

habt mir Blumen,

Geschenke mitgebracht.

Zurück in der Garderobe merke ich

schnell,

brauche euch

bin nur ein Mensch.

Refr.

Hier wird einmal die andere Seite beschrieben. Wer ist das da eigentlich auf der Bühne, der tausende Menschen mit seiner Musik beglückt? Er wird verfolgt, geschmust, bedrängt und mit Blumen und Plüschtieren zugemüllt. Auch sackweise Fanpost soll er möglichst erfreut beantworten. Für Fotos soll er ein glückliches Gesicht machen, Autogramme geben, stundenlang, gerne mit einem Dauergrinsen. Schließlich hat man doch für das Ticket bezahlt und darf auch Entertainment erwarten. Wie es der Person im Rampenlicht geht, wird leider kaum beachtet. Auch die Groupies möchten bespaßt werden. Sie bleiben nach dem Konzert gerne länger. Wozu gibt denn schließlich Hotelzimmer? Der Künstler als Ware und Marionette der Veranstaltungsagentur und Plattenfirma.

Mir war es bei diesem Song wichtig, einmal auf die Persönlichkeit des Menschen auf der Bühne abzustellen. Wie es dem Künstler geht- vor und nach dem Auftritt. Das Konzert auf der Bühne ist anstrengend und kostet Kraft. Lampenfieber ist ein sehr starker Gegner. Es braucht eine Menge Mut, sich unter den Scheinwerfern zu präsentieren. Künstler ist ein Beruf, der sehr emotional und kräftezehrend ist. Und der Künstler ist nur ein Mensch...

Denkst du manchmal II

Neunter Song

Refr.:

Denkst du manchmal an die Dinge,

die wir nie getan?

Denkst du manchmal an die Worte,

die wir nie gesagt?

Denkst du manchmal an die Träume,

die wir nur geträumt?

Denkst du manchmal an die Nächte,

die wir nie geteilt?

Denkst du manchmal an ein Leben,

das wir nie gelebt?

Denkst du manchmal an mich?

1.

Ich sitze hier am Küchentisch.

Der Mond schaut trüb zum Fenster rein.

In meiner Hand eine Tasse Kaffee.

Er ist inzwischen kalt.

Ich spüre deinen Blick auf mir.

So fremd und doch vertraut.

Ich fühle dich ganz nah bei mir,

und doch bin ich allein.

Der Stuhl, auf dem du gesessen hast,

ist schon seit Stunden leer.

Dein After Shave liegt noch in der Luft,

mehr bleibt mir nicht von dir.

Refr.

2.

Der Mond scheint trüb zum Fenster rein

wirft Schatten auf dein Gesicht.

Du atmest leis,

hältst mich im Arm.

Spür noch die Küsse auf der Haut,

du hast mich total berührt.

Ich liege wach in meinem Bett

denk lange noch an dich.

Doch wie zuvor am Küchentisch

war alles nur ein Traum.

Ich bin hier allein im Bett-

du kannst nicht bei mir sein.

Refr. 2x

Denkst du manchmal, ist sicherlich ein Thema, zu dem jeder Mensch etwas sagen kann. Begegnungen in Gedanken, die aber nie gelebt werden können.

Es kann an der Zeit, an den Lebensumständen, dem Status liegen. Was sagen die Nachbarn, was die Familie? Hält die Beziehung? Lohnt sich der Einsatz? Genüge ich ihm/ ihr? Sitzt die Frisur? Was ist mit meiner Figur? Passt das Outfit? Ist noch Sekt im Kühlschrank?

Fragen, die sicherlich in dem Moment wichtig, doch grundsätzlich unerheblich sind. Es gibt Begegnungen und Momente, die einfach prägend sind, in diesem Augenblick gelebt werden sollten. Wer wirklich liebt, sieht die „Makel" des anderen gar nicht. Und, ob

Sekt im Kühlschrank ist, interessiert niemanden. Durst ist da erstmal gar kein Thema...

Wenn beide „Denkst du manchmal" fühlen, dann wurde der Augenblick sicherlich verpasst. Wir leben immer nur in diesem Moment. Wir können die Zeit weder anhalten, noch das Rad zurück drehen. Wenn sich zu viele „Hätte ich doch" sammeln, gibt es irgendwann zu viele „später". Das ist sehr unbefriedigend. Aus dem Denkst du manchmal sollte ein JETZT werden.

Klar, zur Liebe gehört eine Menge Mut. Und Gefühle und Fühlen machen verletzlich und angreifbar.

Höhenflug (Pianoversion)

Letzter Song

Ja, wenn es um Liebe pur geht, sollte man ruhig zwei Versionen machen. Und bei der Pianoversion werden die Emotionen natürlich stimmlich noch deutlicher hörbar. Diese Version mussten wir mehrfach aufnehmen, damit wirklich jeder Ton sitzt.

Und, wenn am Ende das Ergebnis stimmt, war es auch die Anstrengung wert. Die Emotionen werden mit jedem Ton des Klaviers durch den Song getragen.

Layout der CD

Making of der Fotos

So oder so ähnlich könnte sich ein Fotoshooting abspielen. Aber natürlich ist alles nur eine Fiktion oder ein schöner Traum, wie schon die Produktion der Songs. Alles nur Phantasie…

Da stehen wir nun vor einer alten Eisenbahn mitten im Wald, mein Fotograf und ich. Ich gekleidet ganz im 1970er Style mit hohen Wildlederstiefel und einer alten Akustikgitarre. Da das Album STATIONEN heißen soll, bietet sich auch ein Foto am alten Bahnhof an.

Geplant war eigentlich ein Foto mit Gitarre auf einem Wagon oder auf dem Trittbrett der historischen Eisenbahn.

Wo war die Leiter? Ich trug einen Rock und hohe Stiefel... Hochbeamen ging nicht. Tragen oder heben- unmöglich. Ich bin eine Frau und kein Vögelchen...

So kann die Bahn nur als Hintergrund dienen. Also lehne ich ganz entspannt an der Bahnhofsuhr, die Gitarre unter dem Arm und blicke in die Kamera. Ja, es macht Spaß, obwohl ich an sich kein Fan meiner eigenen Fotos bin. Die Bilder sehen sonst eher gezwungen oder gestellt aus. Aber diese Session macht wirklich Freude.

Da sitze ich an den Gleisen, lehne am Zug, lächele und sehe gut aus. Man kann sagen: glücklich! Vielleicht hat die Kamera einen Glücksmoment eingefangen??... Manche Dinge kann man nicht erklären...

Nach ein bisschen Posen haben wir den Grundstein für das Booklet gelegt. Ein paar andere Fotos hatten wir schon gemacht. Und natürlich war es mir besonders wichtig, dass das Foto von Bernd Clüver und mir auch seinen Platz im Booklet der CD bekommt.

Da wir das Layout der CD auch übernommen haben, sitzen mein Fotograf und ich am heimischen Küchentisch und arbeiten. Natürlich gibt es auch wieder Kaffee und Schokoriegel. Schließlich brauchen die Nerven auch Nahrung. Da spielen wir nun am Laptop mit Formen und Farben, versuchen, die Bilder ins rechte Licht zu setzen. Da geht es um die Schriftform, die Widmung und schließlich um die gesamte Form. Wir arbeiteten mit Maßband und Lineal. Es musste schließlich auf den Millimeter stimmen. Wegen der Atmosphäre steht auch eine Kerze auf dem Küchentisch. Es ist wirklich wuselig auf der Oberfläche.

Mein Fotograf gestikuliert mit einem Blatt Papier und gleicht die Größen ab. Ich schiebe die Kerze aus dem Gefahrenbereich. Doch er gestikuliert weiter und schon fängt das Blatt Feuer. Es erhebt sich eine Stichflamme auf dem Küchentisch. Beherzt lösche ich mit einem Glas Mineralwasser. Dass Gefühle entflammen können, beweist dieser Vorfall deutlich. Die weitere Arbeit verrichteten wir ohne Kerzenlicht. Und über unsere Gefühle sollten wir künftig reden...

Unser Booklet ist wirklich schön geworden, bunt und einzigartig, genau wie unsere Musik. Eine Vielfalt besonderer Melodien und Texte. Ein schönes Stück Musikgeschichte, das wir da entwickelt haben.

Eine angenehme Zusammenarbeit, die eher zufällig entstanden ist. Da gab es eine E-Mail, ein Telefonat, die Zusendung meiner ersten CD. An sich nichts Besonderes. So habe ich es damals empfunden, nie damit gerechnet, dass sich daraus eine Freundschaft entwickeln könnte.

Da haben wir uns dann nach 20 Jahren tatsächlich getroffen und gemerkt, dass wir uns nicht wirklich verändert hatten. Wir redeten über eine mögliche Zusammenarbeit, die dann sogar zustande kam.

Wir treffen uns zweimal und sehen, ob die Chemie stimmt. Sonst brauchen wir gar nicht erst zu starten. Die Worte meines vielleicht musikalischen Partners. Es war ein Deal. Ich ließ mich darauf ein. Was hatte ich zu verlieren? Es ging ja nur um einen Traum...

Ja, Traum oder Wirklichkeit? Irgendwie ist es uns gelungen, nach dem ersten Projekt noch ein weiteres anzuschieben. Mein Oldtimer dient derweil als Werbemobil. Mit CDs, Büchern und Flyern bestückt fahren wir zu den Oldtimertreffen. Natürlich ist auch der Höhenflug immer dabei. Er wird gut angenommen. Macht gute Laune. Geht in die Beine und ins Herz- auf direktem Weg.

Wenn Sprache durch Musik lebendig wird, so ist es schon ein besonderer Moment. Wenn dann noch das Herz beim Gesang auf die Zunge gelegt wird, klingt man authentisch, aber natürlich auch verletzlich. Gesang heißt: Gefühle pur.

Den Song **Jetzt** könnte man als Höhenflug II bezeichnen. Er handelt von einer zweiten Chance, die sich wohl so ziemlich jeder wünscht, der schon einmal wirklich verliebt war. Aus Stolz oder Feigheit auf die große Liebe zu verzichten ist sicherlich ein Luxus, den man sich eher als junger Mensch leistet.

In reiferen Jahren weiß man es sicher zu schätzen, dass der richtige Partner ein Sechser im Lotto ist, mit dem man sein Leben teilen möchte.

Unser neues Musikprojekt wird Facetten heißen. Eine neue CD mit einer Songmischung, die etwas moderner anmutet, jedoch natürlich auch wieder live eingespielt wird. Deutlich wird bei dem neuen Projekt die Vielschichtigkeit der Emotionen, aber auch Zwischenmenschliches, was die Zukunft anbelangt, Zukunftsängste und andere Ängste werden thematisiert. Wieder Gefühle pur- die ganze Bandbreite menschlicher Facetten....

Jetzt

1

HAB DICH GEFUNDEN UND VERLOR'N
UND HAB GEDACHT WAS SOLL'S

WIRD NOCH AND'RE GEBEN MEIN
VERDAMMTER STOLZ

SO GING ICH DURCH DAS LEBEN ES IST
SCHON VERDAMMT LANG HER

JEMAND SO ZU LIEBEN KONNTE ICH
NICHT MEHR

Refr:

AUS GEDANKEN WERDEN WORTE

UND AUS WORTEN EIN GESPRÄCH

UNSER LÄCHELN WIRD ZUR LIEBE

DIE UNS DURCH DAS LEBEN TRÄGT

AUS GEDANKEN WERDEN WORTE

UND AUS BLICKEN EWIGKEIT

LASS UNS JETZT ZUSAMMEN LEBEN

ES IST SO WENIG ZEIT

2

TRITTST WIEDER IN MEIN LEBEN LASS
DICH ENDLICH WIEDER ´REIN

DICH NICHT NOCHMAL VERLIEREN WILL
ENDLICH BEI DIR SEIN

DIE ZEIT SIE LIEß UNS REIFEN HIER IST
UNS'RE ZWEITE CHANCE

LASS SIE UNS ERGREIFEN LIEB MICH
VOLL UND GANZ

Refr:

AUS GEDANKEN WERDEN WORTE...

3

DIE ZEIT SIE IST SO KOSTBAR DENN DIE
ZEIT KOMMT NIE ZURÜCK

DAS LEBEN ES IST ENDLICH DOCH
UNENDLICH IST DAS GLÜCK

DAS WIR ZWEI VON NUN AN TEILEN
SIND DEN STERNEN JETZT SO NAH

WERD' DICH IMMER LIEBEN BIN IMMER
FÜR DICH DA

AUS GEDANKEN WERDEN WORTE...

Ja, wenn aus Gedanken Worte werden, kann schon etwas Besonderes entstehen. Wenn noch der Mut vorhanden ist, diese Worte auch auszusprechen- unglaublich.

Ehrlichkeit ist natürlich das Fundament einer Beziehung. Dann kann aus einzelnen Kapiteln gerne mal ein ganzes Buch werden. Das Leben lässt Menschen reifen, Gedanken klarer fassen und Gefühle eher annehmen. JETZT ist sicherlich das Motto für die zweite Chance...

Stille

1

Stille dröhnt in meinem Kopf

Formt ungesagte Worte

Da sitzt du nun schon neben mir

Und bist trotzdem nicht da

Ich möchte rufen: Nimm mich wahr

Erzähl mir was von dir.

Doch dein Blick gleitet stumm vorbei.

Stille ist auch in dir.

Refr.:

Wo sind denn unsere Träume?

Haben wir sie verlor´n?

Im Taumel des Alltags

Haben sie sich verschwor´n

Wir konnten sie nicht halten

Jetzt sind sie nicht mehr da

Was ist von uns geblieben?

Sind wir noch ein Paar?

2

Lohnt es sich noch zu kämpfen

Und wenn ja, wofür?

Um in der Nachbarschaft zu glänzen.

Man lebt ja Tür an Tür.

Doch was heißt es für uns selber?

Sind wir denn noch da?

Wo sind denn unsere Träume?

Sind wir noch ein Paar?

Refr.:

3

Das Schweigen es wird lauter

Es dröhnt in meinem Kopf.

Deine Sprachlosigkeit erdrückt mich.

Deine Augen sehen mich nicht

Wir sind zwar noch ein Paar

Doch schon lange nicht mehr da

Wir sind auch noch zu zweit

Doch schon so lange allein.

Refr.:

Sag mir:

Sind wir schon Geschichte

Oder kann da noch was sein?

Sind wir noch zusammen-

Oder bin ich schon allein?

Stille entsteht, wenn Worte fehlen oder nicht ausgesprochen werden. Der Hamster in seinem Rad läuft auch, bis er müde ist, ohne Grund. So schleift sich im Laufe einer Beziehung auch gerne mal die Gleichgültigkeit ein. Der Alltag macht müde, die Gewohnheit bequem. Die Beziehung darf gerne ein bisschen spannend und außergewöhnlich behandelt werden, damit sich der Partner geschätzt fühlt. Kleine Auszeiten aus dem Beziehungsalltag erhalten die Spannung. So kann Stille erst gar nicht entstehen...

Zwei Leben

1

Zwei Leben- was willst du von mir?

Zwei Leben- Du kannst nichts dafür

Zwei Leben- ich hasse mich

Zwei Leben- ich stehe auf dich

Refr.:

Die Welt steht still

Niemand weiß, wohin es geht.

Totale Panik- vielleicht ist es zu spät.

Das Leben zu leben- wie man es will.

Point of no return-

Die Welt steht still.

2

Zwei Leben- wo führt das denn hin?

Zwei Leben- worin liegt da der Sinn?

Zwei Leben- lass mich nicht allein

Zwei Leben- kann ich denn bei dir sein?

Refr.:

3

Zwei Leben- nur Chaos im Kopf

Zwei Leben- totale Melancholie

Zwei Leben- dich vergesse ich nie

Zwei Leben- ich danke dir.

Du weißt schon wofür.

Zwei Leben ist eine Situation, in die man auch gerne unbeabsichtigt rutscht. Da quält man sich so durch den dunklen Beziehungsalltag und plötzlich taucht eine Person aus der Vergangenheit auf, die das Licht wieder anknipst. Der Beziehungsalltag wird wieder hell und bunt. Leider fühlt sich die betroffene Person hin und her gerissen, in der alten Beziehung und Gewohnheit gefangen. Die Gefühle für die neue Liebe entwickeln sich langsam und vorsichtig. Man lebt für eine gewisse Zeit zwei Leben...

Kein Ende

Refr:

Ich höre deine Stimme

Doch du bist nicht hier

Ich spüre deine Wärme

Bist ganz nah bei mir

Ich fühle deine Nähe

Wie kann das möglich sein

Du bist schon vorgegangen

Lässt mich nie allein

1

Wie mag es dir da gehen

In dieser anderen Welt

Lebst du jetzt dein Leben

Im fernen Himmelszelt

Hast du neue Freunde

Geht es dir da gut

Gib mir doch ein Zeichen

nach mir wieder Mut

Refr.

2

Ohne dich zu leben

Fällt mir wirklich schwer

Fühl mich so alleine

Hab keine Kraft in mir

Wollte dir noch so viel sagen

Uns blieb keine Zeit

Die Stunden, die wir hatten

Hab sie nie bereut

Refr:

3

Ich komm dich jetzt besuchen

Mache mich auf den Weg

Vorbei an unserem Cafe´

Gehe ich den Weg entlang

Bis ich vor dir steh

Hier bist du begraben

Hier kann ich bei dir sein

Hier finde ich die Worte

Lässt mich nie allein

Kein Ende beschreibt den Umgang mit dem Tod eines geliebten Menschen. Was bleibt sind Erinnerungen und das Gefühl, viel zu wenig Zeit gehabt zu haben. Wie soll das Leben weitergehen und wie geht man mit dem Verlust um? Wie sieht es aus in der anderen Welt, die man Himmel nennt? Gibt es dort ein weiteres, anderes Leben? Gedanken und Erinnerung halten den Verstorbenen lebendig. So hat der Kontakt kein Ende und die Liebe bleibt lebendig…

Abschied

Re:

Zwei Leben – zwei Welten

Gemeinsam gestartet

Dann langsam verloren

Hab auf dich gewartet

Bist nicht gekommen

Dann bin ich gegangen

Ließ dich allein

Wolltest nicht folgen

Nicht mehr bei mir sein

1

Zwei Menschen – ein Gedanke

Ein gemeinsames Ziel

Wir schaffen es zusammen

Wollten doch soviel

Zuviel, was wir da wollten

Habens nicht geschafft

Den Weg gemeinsam zu gehen

Habe mich alleine aufgemacht

Refr.

2

Nun stehen wir an der Kreuzung

Biegen in andere Richtungen ab

Hatten schöne Jahre

Eine gemeinsame Zeit

Sie ist nun abgelaufen

Wie das Rädchen an der Uhr

Ich lass dich gerne gehen

Du kannst nichts dafür

Refr:

3

Ich laufe nun alleine

MIt sehr leichtem Gepäck

Habe den Kopf jetzt in den Wolken

Schon so viel Neues entdeckt

Es wird noch viel mehr geben

Was mich dann glücklich macht

Danke für den Abschied

Sonst hätte ich es nicht geschafft

Refr.

Abschied beschreibt eigentlich die Folge aus zwei Leben. Irgendwann entwickelt sich der Gedanke, dass zwei Leben auf Dauer nicht vereinbar sind. Es folgt ein Abschied. Es lohnt sich nicht mehr, um die alte Beziehung zu kämpfen. Der Preis ist zu hoch. Kostet zu viel Kraft. Das Paar hat sich völlig auseinander gelebt. Dann reist es sich besser mit leichtem Gepäck...

Abschied schließt sich an zwei Leben an. Die Beziehung ist längst tot. Das Paar teilt sich nur noch den Küchentisch und die Langeweile. Der Abschied ist nur die logische Konsequenz. Dazu muss man natürlich zunächst aus dem Trott ausbrechen. Es erfordert Mut, sich das Scheitern einzugestehen. Aber, ist es ein Scheitern? Manchmal schickt das Leben Kreuzungen und man biegt halt rechts statt links ab. So kann der Stillstand aufgehoben oder vermieden werden.

Gedanken

1

Gedanken ziehen ihre Kreise

schicken Worte auf die Reise

die nie gesagt

Das Schweigen drückt

es lastet schwer

in diesem Raum

an diesem Tisch

ich werd verrückt.

Refr.

Zeit der Einsicht

Zeit der Weitsicht

wie lange noch?

Freunde werden zu Fremden

Familien getrennt

Kontaktverbot- Seelennot

zerrissene Harmonie

Sozialphobie

endet das denn nie?

2

Bin hier und doch nicht da

wäre gern woanders

Schweigend gehe ich durch die Stadt

sehe Menschen, ohne sie zu sehen

anonyme Gesichter auf Abstand

Begegnung ohne Berührung

verordnete Distanz

zur Einsamkeit verdammt

Refr.

Zeit der Einsicht

Zeit der Weitsicht

wie lange noch?

Freunde werden zu Fremden

Familien getrennt

Kontaktverbot- Seelennot

zerrissene Harmonie

Sozialphobie

endet das denn nie?

Der Song **Gedanken** beschreibt den Zustand während der Pandemie. Auferlegte Kontaktverbote bringen das soziale Leben zum Erliegen. Verordnete Distanz führt zur Einsamkeit. Der Mensch als soziales Wesen erlebt eine Sozialphobie.

Beziehungsutopie

1.

Ein selbstverliebtes Grinsen steht in deinem Gesicht.

Du bist der Größte- wann kapier ich das endlich.

Ich suche für meine Seele ein Zuhause.

Möchte unser Schicksal in die Hände der Sterne legen.

Was ich bei dir suche, willst du mir nicht geben.

Wir haben gerade eine Beziehungspause.

Refr:

Hab dich wirklich geliebt nicht nur für den Augenblick.

Was soll´s- da hilft auch kein Blick zurück.

Für einen Moment war alles möglich.

Hab an uns geglaubt.

Du hast mir nur mein Herz geraubt.

Doch das mit uns klappt nie-

Beziehungsutopie!

2.

Dein Erfolg macht dich sexy, versprühst

deinen Charme.

Hast ständig andere Frauen im Arm.

Lass uns etwas wagen, den Wahnsinn

erleben.

Uns kopfüber in den Strudel der Gefühle

begeben.

Es ist nicht unmännlich, wenn du nur

eine küsst.

Mensch, wie hab ich dich vermisst.

Refr:

Finale

Lass uns begegnen- ohne Masken.

Versteck dich nicht hinter deiner

Arroganz.

Lass sie fallen- deine coole Fassade.

Lieb mich ohne Distanz.

Gefühle zu zeigen ist nicht feige.

Du zeigst sie nicht- Fehlanzeige!

Beziehungsutopie ist ein witziger Text über eine Beziehung zu einem selbstverliebten Menschen, dessen Universum sich nur um ihn dreht. Da hat man als Partnerin keine Chance. Er gockelt durchs Leben. Sofern man nicht eine Henne unter vielen bleiben möchte, ist es dringend anzuraten, die eigene Haut zu retten. Schließlich ist er auch nur ein Mann. Und die Beziehung zu besagtem Mann bleibt eine Utopie…

Das kann´ s doch nicht gewesen sein

1.

Wie ist denn das nur möglich,

dass wir uns blind vertrauen.

Mit deinen blauen Augen kannst du

tief in meine Seele schau´ n.

Zwei Menschen- ein Gedanke,

dass es so was gibt.

Was sollen wir jetzt machen,

haben uns unsterblich verliebt.

Ich will bei dir sein…

Refr.:

Das kann´s doch nicht gewesen sein,

es fing doch grad erst an.

Du weckst ein Gefühl in mir,

dass ich´s kaum fassen kann.

Der Zeitpunkt, er war schlecht gewählt,

wir wussten es genau.

Du bist gebunden

Und ich bin nicht frei.

2.

Kannst du auch nicht schlafen

und liegst noch lange wach.

Ich starre ins Dunkel und vermisse dich.

Denkst du vielleicht gerade an mich.

Ich denke über unsere Zukunft nach.

Ich war unterwegs auf der Suche nach
dir.

Du warst unterwegs auf der Suche nach
mir.

Nur bei dir ist Daheim wirklich daheim.

Lass mich nie allein...

Refr.:

3.

Unsere Liebe, sie ist leise.

Niemand kann sie hör´ n.

Geh´ n unsere Träume auf die Reise,

kann niemand sie zerstör´ n.

Bevor ich dich gesehen habe,

habe ich dich gekannt,

Das ist Liebe, oder-

wie wird das genannt?

Bleib bei mir...

Refr.:

Manchmal trifft einen der Blitz, wenn man gar nicht damit rechnet. Dann siegt irgendwann der Verstand über das Herz.

Aber gibt es eigentlich den richtigen Zeitpunkt, sich zu verlieben? Gefühle sind nicht steuerbar. Da schaut man plötzlich jemandem in die Augen und bis in die Seele. Der Verstand meldet sich kurzfristig ab. Manchmal auch langfristig. Irgendwann meldet er sich zurück und der Alltag winkt auch wieder. Da müssen die Gefühle wieder verschlossen werden.

Trotzdem tut so ein Höhenflug immer wieder gut. Auch, wenn es nur ein Höhenflug auf Zeit ist...

Fanfieber

1.

In der Arena auf Schalke

Sah ich dich bei deinem Open- Air-

Konzert.

Ich stand in der ersten Reihe

Wurde bei deinem Anblick schwach.

Und dann deine warme Stimme-

meine Beine gaben langsam nach.

Fiel stundenlang ins Koma,

bin dann geheilt erwacht.

Refr:

Fanfieber, Fanfieber - hat mich befallen.

Fanfieber, Fanfieber - krieg ich nur bei

dir.

Fanfieber, Fanfieber - kannst du mich

heilen?

Fanfieber, Fanfieber - mir ist ganz heiß.

2.

Bin stundenlang gefahren,

damit ich bei dir sein kann.

Sahst direkt in meine Augen,

und sahst mich doch nicht an.

Als ich in Ohnmacht fiel,

hast du nichts getan.

Du würdest nur für mich singen,

nahm ich irrtümlich an.

Refr:

Finale:

Deine Platten und Plakate

Hab ich längst verkauft.

Hab dich schon vergessen,

die Wut ist auch verraucht.

Frage mich nur selber,

wie man so dämlich sein kann,

dich sooo zu vergöttern-

du bist auch nur ein Mann.

Refr:

Fanfieber, Fanfieber - hatte mich

befallen.

Fanfieber, Fanfieber - kriegte ich bei dir.

Fanfieber, Fanfieber - ich bin geheilt.

Fanfieber, Fanfieber - lässt mich jetzt

kalt.

Wenn der Fanwahn krankhafte Züge annimmt, handelt es sich wohl um **Fanfieber**. Man betet ein Musikidol an und glaubt tatsächlich noch, dass die Gefühle des Stars erwidert werden würden. Irrtum!!! Der Promi wuppt seine Bühnenshow, weil es sein Job ist. Da kann er auf ein paar verliebte Fans leider keine Rücksicht nehmen. Insofern sei dringend angeraten, mit nicht so großen Erwartungen ein Konzert zu besuchen. Oder nur wegen der Musik.

Dass Fanfieber heilbar ist, macht der Song auch deutlich.

Zu spät

1

Dein Angebot kommt viel zu spät,

heut bin ich längst kuriert.

Dein Lächeln hat mich früher

tausendmal verführt.

Die weichen Knie sind längst passe´.

Fall nicht mehr in Ohnmacht, wenn ich

dich seh.

Vielleicht fall`n Girlies auf dich rein.

Will nicht mehr dein Pausenfüller sein.

Refrain:

Der Aufwand ist mir viel zu groß,

Mann krieg dich wieder ein.

Ich möchte nicht dein Joker,

sondern dein Hauptgewinn sein.

Mit dir zusammen leben,

davon hab ich mal geträumt.

Heut kommst du angekrochen,

hab wirklich nichts versäumt.

2.

Als Ich dich lieben wollte,

hast du mich nicht gesehn.

Wäre fast daran gestorben,

konnte es einfach nicht verstehn.

Jetzt hab ich selber viel gesehn

und selber viel erlebt.

Eine Affäre ist mir heut zu wenig,

dafür ist es zu spät.

Refrain:

3.

Gefühle wirklich leben,

hast du nie gelernt.

And´re außer dir zu sehen,

hat dich abgeturnt.

Schwäche und Seele zeigen,

warn für dich tabu.

Muss dir heute sagen,

der Loser bist du.

Refr.:

Gibt nichts, was nicht ein and´rer

bringen kann.

Auch du bist nur ein Mann.

Zu spät beschreibt genau den anderen Fall. Es ist kein Fanfieber, sondern eher ein Starfieber. Da kommt es doch tatsächlich vor, dass sich ein Promi in eine ganz normale Frau verliebt. Doch, wenn man 20 Jahre um die Gunst des besagten Promis gebuhlt hat, und er nun langsam Gefühle entwickelt, ist es in den meisten Fällen zu spät. Auch Fans entwickeln sich weiter. Sicherlich ist dieses Starfieber genauso heilbar wie das Fanfieber.

Das sind sie nun, unsere Texte, die bearbeitet, vertont und interpretiert werden möchten. Bestimmt wieder eine gute Mischung, die auch musikalisch spannend umgesetzt werden könnte. Facetten wird sicherlich lebendig, vielschichtig, spannend…. Wie das Leben…

Freue mich schon auf die weitere Zusammenarbeit. Es wird wieder eine Menge Kaffee fließen. Eine Menge gekichert und gelacht. Die Wandergitarre wird zur Kompositionshilfe. Und natürlich kümmern wir uns später um den Gesang. Wir werden wieder arbeiten wie John und Pauli. Es wird wieder ein starkes WIR geben. Und auch der Studiohund ist entspannt und wird wieder lächeln. Es wird eine gute Zeit…

Es ist noch nicht zu Ende….

Gedanken und Bilder

1

Bilder sind in meinem Kopf

Werde sie nicht los

Worte formen sich in meinem Mund

Gefühle riesengroß

Da ist die Angst

Fühlst du sie auch?

Was hier grad passiert

Stellt mein Leben auf den Kopf

Refr

In meinem Bauch

Da ist ein Knoten

Und er löst sich nicht

Sehe dein Gesicht vor mir

Läuft ab wie eine Diashow

Was will ich bloß von dir?

Schau mich nicht so an

Was willst du von mir?

2

Es war so einfach und so leicht

Nur mit dir zu reden

Wär da mein Herz nicht,

das mir sagt

Ich hätte viel zu geben

Nun ist es mehr als Liebelei

Da sind schon Gefühle

Wo führt es hin?

Refr

3

Was wird aus uns?

Falle zwischen zwei Stühle

Die Vernunft sagt mir,

komm lass es sein

mein Herz sagt

lass dich drauf ein

Ich steig mit dir ins Karussell

Machen uns auf zum Höhenflug.

Kriege von dir viel zu viel

Doch lange nicht genug.

Der Höhenflug ist unendlich....

Ich danke dir. Du weißt, wofür.

Und natürlich wird auch unser neues
Projekt wieder nur eine Fiktion. Die
totale Illusion von Musik, Spaß und
Miteinander.....WIR eben....

Vermutlich ist es noch nicht zu ENDE...